رواية

جنى

ورود الربيع

د. جُمان الريحاني

في بلاد بعيد كانت تأتي كل الفصول إلا فصل الربيع، لقد كان غائبا وشبه مفقود، ولا يأتي إلا مرة واحدة في السنة، ولا يبقى إلا لمدة ساعات وينتهي.

هكذا كان يأتي الربيع في تلك البلاد التي لا تكاد تعرفه ولا تعرف ملامحه من شدة غيابه ومغادرته السريعة ومواعيده غير الثابتة، فهو لم يكن مثله مثل باقي الفصول التي تأتي بملامحها وخيراتها وتطوراتها وطبيعتها التي تختلف من فصل إلى آخر.

كان الربيع يأتي على قمم الجبال فقط فتنمو الورود والأزهار الجميلة.

لقد كان الربيع يأتي في تلك الفرصة الوحيدة شهده من شهده ولم يره أو يلمحه من لم يستطع ذلك.

لقد كان يأتي على القمم العالية والتي لا يقطنها البشر، لأنها أماكن وعرة وليست مأهولة ولا يستطيع الناس العيش هناك لصعوبة الظروف الطبيعية هناك.

وهذا كان سببا في أنه لم يكن ممكنا للجميع حضور الربيع ورؤيته وخاصة أنه لا يستمر إلا لساعات معدودات.

لم يكن ممكنا حضور الربيع ولو بالنسبة للمحظوظين من الناس ولا عن طريق الصدف أيضا.

كما أن الطرق للقمم كانت وعرة ولم يكن من المحبب فكرة الصعود عاليا إلى هناك، وذلك لا من جانب التسلية ولا النزهة ولا حتى من جانب الضرورة

مثلا للحصول على بعض النباتات العلاجية التي تنمو فقط على القمم، والتي يحتاجها المعالجون.

حلم أوجيلهين

قرر أحد الشباب الذي كان يعمل مزارعا أن يلحق بالربيع هذا العام.

أوجيلهين هو شاب في العقد الثالث من العمر، وهو فلاح ابن فلاح، يمتلك أرضا يعيش من منتوجها ولا يربي أية ماشية بل يعتمد الاعتماد الكلي على قطعة الأرض الصغيرة تلك والتي اشتراها بعد أن كان يعمل لدى أحد الفلاحين ليلا نهارا.

كان أوجيلهين رجلا فقيرا ولكنه مستور الحال،
فقد كان يمتلك بيتا على ارض لهم وتمتد الأرض التي
عليها البيت إلى مئات المترات، إنها أرض كبيرة
ولكنها غير مستصلحة وقد تركها له جده وأوصاه بأن
لا يزرعها إلا لما خلقت لأجله.

ولم يكن أوجيلهين يرى بأن وقت الزواج قد حان
رغم أنه لم يكن صغير السن ولكن كان لديه حلم
يطارده.

إنه حلم الربيع والذي قد يعتبر من يحلم به مجنونا
أو يحلم بضرب من الخيال.

حلمه هذا والذي كان حلم والده وجده ومن سبقه
كان حلما عزيزا على قلبه ولا يصارح الناس به بل
كان يحتفظ به في قلبه رغم أن الجميع يعلمون بأنه من
محبي الربيع والورود ولكن لم يكن أي أحد يعلم بأن
هذا الحلم محفور في قلبه وفؤاده

وأنه حلم موجود في داخله لدرجة مجنونة ويدفعه لفعل أمور مجنونة لا يكلم أحدا عنها، ولكنه لم يحاول سابقا بأن يذهب لرؤية الربيع أو ربما عرض الأمر على أي أحد بل كان يحتفظ به لنفسه ولكنه دائم التفكير فيه .

أصبح أوجيلهين يعد الأيام والساعات لكي يحين موعده الجميل، لأنه أراد أن يرى الورود والظهار تنمو في يوم الربيع الموعود ففي غير الربيع لا يرى الناس وردا ولا زهرة واحدة ولا حتى على الأشجار.

كان حلمه أن يرى الورود والأزهار وهي تزين الأرض ذلك المنظر الخلاب كان مثل الحلم ولكن ليس الجميع يسعون لرؤيته واللحاق به.

بقي ذلك الشاب أوجيلهين "على قمة الجبل" يراقب الزمن النجوم والكواكب لكي يحدد يوم الربيع الموعود.

لقد كان مصرا على اللحاق بالربيع هذا العام ولم
يكن مهما بالنسبة له إن كان الربيع له زمن قصير
فالمهم هو اللحاق به ولو بلحظات منه.

لقد كان لديه هدفين للحاق بالربيع أن يراه وأيضا كان يفكر في أنه يريد أيضا وبالإضافة إلى رؤية الأزهار بأم عينه، أراد أن يقوم بقطف بعض الأزهار لكي يجففها وبأخذ منها البذور لكي يحاول أن يعيد زراعة الأزهار.

لقد كان لديه حلم بأن تصبح لديه حديقة أزهار وورد ليس على الأرض مثيل لها.

كان يحلم بحديقة الربيع، حديقة تعيش في كل الفصول وتعني الربيع ولكنها لا تخلق فقط في الربيع ولا تغادر معه حين مغادرته.

إنها حديقة أحلامه التي لطالما كان يحلم بها.

كما أنها كانت حلم والده من قبله وجده من قبله ولكن لم يكن أي منهم يمتلك الشجاعة لكي يجازف بحياته ويصعد إلى الجبال ولا لمرة واحدة.

بل اكتفى من قبله وكل الناس تقريبا بعيش حياتهم بفصول ثلاثة والحديث عن الربيع حين يأتي وقته بالتقريب وكأنه مجرد أسطورة يتناقلها الناس فيما بينهم على سبيل التسلية أو لمجرد الحديث.

ولكن الأمر كان مختلف مع هذا الشاب الطموح والذي كان لديه طموح بشغف، طموح لا يستطيع أن يتجاوزه أو يتناساه.

حديقة حقيقية يتمتع بها الناس ويستطيعون رؤيتها في أي وقت وبدون مخاوف ولا صعوبات.

حديقة الجدة "حلم متوارث"

لقد كانت جدة جده في الزمان البعيد تمتلك حديقة ورد وقد ورثتها عن جدها الذي يقولون بأنه قد رأى الربيع بأم عينه وجنى سلة من الأزهار.

قام الجد الخامس له بزراعة الورد وورقتها عنه حفيدته التي هي جدة الشاب ولكن مع مرور الزمن اختفت كل تلك الحديقة ولم يبق منها ولا زهرة واحدة

وذلك جراء الظروف الطبيعية الصعبة ولكن الأغرب هو أنه لم يبق منها حتى بعض البذور.

فقد الناس الأمل في رؤية الربيع أو حتى انتظاره ولم يعودوا مولعين بالبحث عنه أو ملاحقته وخاصة أنه لم يكن له وقت محدد، بل كان يغير موعده دائما.

وقد كان يبقى على وجه الأرض لبعض الوقت فقط ثم يختفي بكل ملامحه وأزهاره ووروده وعبيره وهوائه وجماله.

كان يغادر سريعا بكل ملامحه وسحره الجميل تاركا وراءه غموض مجيئة وسر مغادرته المبهم.

القليلون هم من مازالوا يفكرون فيه منهم الشاب أوجيلهين الذي كان مولعا بالأزهار والورد وبحقول الربيع العبيرية كما كان يقول.

لقد كان يقول:

لو نصنع من عبير الربيع عطورا سوف تجلب لنا البهجة والسرور، كما يفعل الربيع في نفس الشخص يمكن لعطره فعل المثل بكل سحر وجمال وبث عالم من الخيال البديع.

لو استطعنا أن نلحق به سوف نستفيد بكل تأكيد سوف نحظى بمناظر تزهو بها العيون وراحة تعجب الأنف وأيضا مراح تلعب فيه الروح لبعض الوقت.

كما أنه قد كان يحلم بتلك الحديقة التي أرادها أن تعيش في باقي الفصول ولا ترتبط فقد بالربيع، رغم أنه يريد بذور الربيع، ولكن حلمه كان أن ينجز حديقة من ورود الربيع تعيش في باقي الفصول.

حديقة لا تموت، ولا يلحق بها ما يلحق بالربيع رغم أنه سر مجهول، حديقة صامدة قوية ولا تؤثر بها الظواهر الطبيعية ولا الطبيعة القاسية.

لقد كان أوجيلهين شابا حالما وحلمه كان جميلا ويميل إلى الأمر المستحيل في ذلك الزمان الذي كان فيه الربيع مفقود.

فكر في أن يذهب قبل أيام من حلول يوم الربيع أو ساعاته لكي يعيش على قمم الجبال ويرابط هناك حتى يحظى بفرصة ولو كانت الفرصة الوحيدة.

لقد كان لأوجيلهين الكثير من الأحلام التي تتعلق بصفة مباشرة مع حلمه الوحيد حديقة الربيع.

فكان يحلم بأن يجد الجمال وان يعرضه للجميع من أجل التمتع به ورؤيته موجودا هناك أمامهم بينهم دون التعرض للمخاطر والبحث عنه.

كان يحلم بأن يجعل الربيع حقيقة وليس أسطورة لا يكاد يصدقها الجميع لكونها اقرب للخيال من الواقع

ومن أحلامه أيضا أن يصنع العطور من الورود وأن يلهم الرسامين لكي يرسموا لوحات من الربيع

الحقيقي وليس الخيالي الذي لم يكونوا قادرين على تجسيده وتصويره في لوحاتهم.

ومن أحلامه أيضا أن يخرج الناس للاستمتاع بالربيع وجوه ورائحته وان يتنزهوا في حدائق ملونة ومعطرة وتنتمي لفصل جديد كان بالأمس نادر وبعيد.

وان تصبح هناك ورود حقيقية تقدم للسيدات لكي تعبر عن حب من يقدمها إلى تلك السيدة وأيضا تعبر عن جمالها الذي يشبه جمال الورد والباقة.

وان تلبس الفتيات فساتين عليها ورد مستلهم من حقيقته وقبعات وأيضا إكسسوارات فقد كان المصممون يجدون صعوبة في تجسيد جمال ورد الربيع دون رؤيته.

لقد كان يرى بأن الربيع له مؤثرات كثيرة على الناس.

وسوف يستفيد الجميع من وجوده وسوف يستلهمون الجمال منه بطريق عديدة وفي أشكال كثيرة

وفي أمور مختلفة، فبوجود الربيع سوف توجد أشياء كثيرة لم تكن موجودة في السابق وبدونه، وعلى كافة أصعدة الحياة وليس في مجال واحد.

كان يرى أوجيلهين بأن الربيع مفيد للجميع جماليا وفكريا، للفنانين والنساجين والمصممين والمبدعين والعاشقين ولعامة الناس أيضا وكان يحلم بأن يقدم للناس الربيع بشكل مجاني.

لكن قمم الجبال لم تكن سهلة لا من ناحية الصعود إليها اذ كانت الطرق كلها وعرة وأيضا يقولون بأن هناك وحوشا لم يستطع أن يراها أحد تعيش هناك لذا كان الناس يخافون من الصعود إلى تلك القمم التي تبتهج بساعات الربيع وتلبس فساتين الورد والزهور

أما الشاب أوجيلهين فقد كان مصرا ولم يكن ليتراجع لأي سبب لأنه كان معجبا بالورد وبما قصه عليه جده عن جدته وحديقتها التي مازال يتذكر القليل فقط منها.

لقد كانت قصة جده الخامس وكأنها قصة خيالية أو خرافة جميلة لأنه لم يرى وردة واحدة كل حياته

في تلك الأيام التي كانوا يعتقدون بأن الربيع قد اقترب حزم حقيبته وحملها على ظهره وصعد إلى الجبال وهو قد قرر أن يتحدى الوحوش التي سمع عنها حكايات مخيفة.

لا يعرف أوجيلهين لما في تلك السنة بالذات قد عقد العزم على اللحاق بالربيع، لقد فاجأته فكرة السير ليلا دون أن يدري أحد ودون أن يخبر أحدا بما هو مقدم على فعله.

في تلك الأيام كانت الرغبة عارمة باللحاق بالربيع وكأنه القدر قد وقع ولا يمكن رد القدر

لم يعد الربيع مجرد حلم بالنسبة له في تلك الفترة بل أصبحا هدفا ومسعى

لقد قرر أخيرا وخرج في طلب ما كان يعتبر مستحيلا،
خرج لكي يؤكد بأن المستحيل حين يحين الوقت يصبح
ممكنا وسهل النيل.

يصبح المستحيل حين يحين وقت تحقيقة قدر محتم ولا
يقف أمامه أحد بل تأتي مع القدر لتحقيقه كل الممكنات
والتي تسهل الطريق لنيله.

صعد أوجيلهين إلى الجبل وهو لا يعلم أن كانت الوحوش حقيقية ولكنه كان متأكدا من أن وصول الربيع هو أمر حقيقي.

ولكن اذا صدق بوجود الربيع فيجب عليه أن يصدق بوجود الوحوش لأن كلاهما قد كان ذكره يرافق الأسطورة التي تحكي قصة الربيع على قمم الجبال الوعرة والأوقات الصعبة والمخيفة.

وبين مغامرات وأحداث وطريق غير معبدة وطرق الجبل الوعرة حتى وصل إلى بعض المناطق التي كانت تبدو مثلما وصفتها الحكايات.

إنها مناطق تصلح لأن تكون هي مساحات الورود التي سمع عنها الكثير.

لقد كانت مساحات عريضة في مناطق مختلفة من الجبال وأحيانا مساحات صغيرة ولكنها ارض مبسوطة لذا وهي تصلح لأن تصبح مكسوة بالأزهار والورد.

تلك المناطق لم يكن يخطو إليها أي أحد فهي تعتبر مناطق مخيفة وخطرة كما أنه في الزمان البعيد كثيرون فقدوا حياتهم في سبيل بعض الأعشاب التي تصلح لصنع بعض العلاجات الطبية.

ولكن ومنع مرور الوقت لم يعد أحد يخاطر بحياته ولم يعد هناك متهورون يجازفون بفقدانهم لحياتهم بسبب تصرف ارعن لا يوجد من وراءه من خير أو فائدة.

كانت هذه طريقة تفكير الجميع بلا استثناء وقد استغنى الكثير من المعالجين عن الأعشاب الجبلية وخاصة تلك التي تنمو فقط في قمم الجبال واستعانوا

بما هو متوفر وموجود وكل ما كان سهل الإيجاد في السفوح والأنهار وغيرها.

أقام أوجيلهين هناك وهو لم ير بعد أي اثر للوحوش التي سمع عنها الكثير والكثير من الأخبار والأمور المرعبة والمخيفة، انتظر ونظر هنا وهناك وبحث عن أي اثر لتلك الوحوش وعندما تعب اعتقد بأنها مجرد خرافة أو مبالغة لكي لا يصعد الناس إلى قمم الربيع.

لقد اعتقد بأن من قام بحياكة تلك الحكايات والخرافات أرادوا بها أن يبثوا الرعب في الناس لكي لا يصعدوا إلى قمم الجبال لسبب ما.

قمم الجبال التي يكسوها الربيع لعدة ساعات يزينها بوروده وأزهاره، وأشجاره المزينة بالورود والفراشات الربيعية، ويجعلها غاية في الروعة والجمال.

الربيع الذي كان يأتي بزيه الجميل ويبث الجمال في كل بقعة يضع عليها جزء من بساطه الأخضر والمزهر بكل أنواع الورد والزهر.

ابقي هناك وقد كان يحاول أن يكتشف المكان ولكن الوضع كان يبدو هادئا نوعا ما، ولم يكن هنالك أي داع للخوف.

لم يكن هناك داع للخوف وكان المكان أشبه بالسفوح، هادئ ومريح ولكنه أكثر إلهية وروحانية إذ أنه اقرب للسماء والسحب التي تزيد من جماله.

كما أنه اقل تواجدا للبشر مما يجعل المكان أكثر روحانية وملائما للتأمل واستنشاق الهواء العليل.

لقد كان المكان مختلفا عن كل التوقعات التي كانت تراوده وتراود بعض الناس حول القمم التي ربما تكون خطيرة في الفترة التي يزورها الربيع فيها.

فقد اختلف وصف قمم الجبال مع مرور الوقت وهناك من أضاف تفاصيل للحكايات التي كان يرويها الأولون عن الربيع وقمم الجبال وهناك من أخفى بعض التفاصيل وهناك تفاصيل سقطت سهوا وبدون قصد.

ولكن من الأكيد أن بعض التفاصيل المخيفة قد أضافها الكبار لكي يخيفوا الأطفال الصغار ولكي يمنعوا الشباب اليافع من التهور وصعود الجبار في حب للمغامرة يحرمهم من العودة إلى أهاليهم ويحرم الأسر من أبنائهم.

ولكنهم لم يكونوا يضيفون شخصيات أو أحداث غريبة بل بعض التهويل والتخويف وكذلك يقصون عليهم عدد الذين ذهبوا ولم يعودوا، وهذه التفصيلة الأخيرة كانت حقيقة ، إلا أنه قد اقترن بها كل من فر

من بيته أو هرب فيقولون ربما صعد إلى قمم الجبال
ولن يعود أبدا.

إلا أن البعض كانوا يرجعون لأنهم يحاولن تجربة
الحياة ومغامراتها فكانوا يفرون ويعودون بعد أن
تتعبهم الحياة ويخبرون بأنهم ما كانوا ليصعدوا القمم
فهم ليسوا بمجانين لكي يفعوا ذلك.

جاء الربيع

وبعد أن قضى أوجيلهين ليلته الأولى في هدوء تام وراودته أجمل الأحلام وهو يقترب من تحقيق حلمه وقد احضر معه سلة جدة جده لكي يملأها بأزهار الربيع والورد البديع.

نام وصحي صباحا لكي يجد بأنه ينام وسط الربيع وأزهاره والورد وجماله وكلما ما حلم به وتخيله ولكنه لم يصدق.

فكيف جاء الربيع فجأة؟

ولما لم يشعر به؟

وكيف وصل ومتى؟

ومتى قد يغادر يا ترى؟

قام مسرعا إلى سلته لكي يجني ورد الربيع قبل أن
تهب ريح الشمال أو ريح الغريب.

وقبل أن تظهر عواصف أو أية ظروف طبيعية
قاهرة قد تسحق الزهر والورد وقد تمحو أثار الربيع
فجأة فلا يجد ما يمتع به نظره ولا يحقق حلمه مبتغاه.

سارع إلى سلته وراح يجني الورد وكلما يعجبه
من ألوان وأنواع.

سبحان الله

سبحان خالق هذا الجمال

سبحان المبدع

سبحان الله، لقد كان المنظر رهيبا جميلا بديعا، سبحان
من خلق كل هذا الجمال

أنه جمال بديع وكون فسيح وما لم تدرك الأبصار دل
على قدرة الخالق بلا شك

يا سبحان الله

لقد كان الشاب مبهورا ويردد:

سبحان الله

سبحان الله

وهو يقطف الأزهار ويضعها في سلته.

لقد تحقق حلمه ولكنه لازال يشعر ببعض الخوف
فالوضع لم يكن جيدا.

الوضع لم يكن مريحا

والهدوء لم يكن لينال إعجابه

فهذا الهدوء يشبه إلى حد ما الهدوء الذي يسبق العاصفة ربما.

رغم انه في ظاهره كان جيدا ولكنه كان يعلم بأن هذا الهدوء ربما هو بالفعل الهدوء الذي يسبق العاصفة أنه هو بالفعل.

لقد كان الجميع يعلمون بأن الربيع يغادر بصورة غريبة وبشكل صعب.

كان الشاب أوجيلهين يريد إن يتأمل المكان وان يحتفظ بأكبر قدر من الصور البصرية في خياله لكي يقصها على الناس فيما بعد، أي بعد عودته إلى قريته سالما.

لقد أبهرته ألوان الأزهار والورد المختلف ألوانه والمتنوع عبيره، أبهرته فعلا تلك المناظر.

أعجب أوجيلهين بالفراشات التي كانت تعطي منظرا رائعا للأزهار فهي كانت تزيد من جمالها،

وتتناغم معها بحركات خفيفة وفي تناسق بديع معها من الألوان، ألوان متجانسة وبمختلف الحالات.

وأيضا كان هناك نحل وحيوانات جميلة، صغيرة الحجم ورقيقة المظهر، وأنيقة الحركة، تنساب بين الحقول في خفة وجمال.

فقد رأى أوجيلهين مثلا أرنبا بيضاء، وعصافير ملونة وظباء صغيرة ....

لم يكن الجو يبدو حقيقيا وكأنه قد دخل إلى جنة ما

لقد كانت قمم الجبال في فصل الربيع جنة وكان الربيع يجعل قمم الجبل بمجيئه جنة.

كانت الجنة أجمل من كل الوصف الذي تناقله الناس سابقا، إنها جنة لا يمكن أن تصفها الكلمات البسيطة، جنة لا تقبل أن تصبح موصوفة بالحروف والكلمات، جنة يجعلها الجمال مغرورة.

جنة خاصة لا تراها كل العيون

جنة فرسودية وكأنها فعلا قطعة من الجنة وليس مكانها على الأرض.

ربما كان ذلك هو السبب إنها تأتي خفية وتختفي سريعا، ولا تأتي إلا على القمم العالية.

وفجأة وبينما أوجيلهين يستمتع بكلما يراها ويسمعه، بكل ما يقطفه وبكل تلك الروائح والعبير حتى سمع أصواتا ولكنه لم يفهمها.

لقد كانت الأصوات غير مفهومة متداخلة ببعضها البعض لا يمكن الجزم ما هي حقيقتها، فكأنما هي أصوات غزلان، وأحيانا كانت تبدو وكأنها أصوات بشر ولكن هذا الاحتمال كان مستبعدا لأن أوجيلهين كان يعلم بيقين بأنه الشخص الوحيد على قمة ذلك الجبل، وكان يعلم جيدا بأنه لا يوجد من يمتلك شجاعته لكي يخاطر ويصعد إلى هنا من أجل اللحاق بالربيع ورؤية.

وقد كان هناك مثل في قريته يقول:

"إن كان الجبن يحافظ على حياتك فلتكن جبانا"

وفجأة تبددت السماء بالسحب وانقلب الجو وهبت الرياح التي اقتلعت الأزهار وسمع أوجيلهين أصوات صراخ.

صراخ حقيقي، صراخ بشر، فقد أصبحت الأصوات واضحة ولا ريب فيها.

استغرب مما يحدث وأراد أن يحتمي بجانب الأشجار لكي لا تؤذيه الرياح ولكنه قد أثناء تراجعه إلى الوراء شعر وان شيئا ما قد امسك به.

خاف كثيرا وعندما التفت وجد بأنه عالق في شجر ورد جميلة، ورودها ليست وردية بل بدأت تأخذ اللون

الوردي وهي في الحقيقة كانت بيضاء وبدأت تميل إلى اللون الوردي تدريجيا.

وعندما هم يخلص نفسه من الشجرة سمع صوتا يخاطبه، لقد كان صوت امرأة وكانت تقول:

أيها الشاب، أيها الشاب الطيب

أرجوك ساعدني

التفت يمينا وشمالا ولكنه لم يجد المرأة التي كانت تخاطبه فقال:

من هناك؟

فأجابته:

أنا الشجرة التي أمامك

نظر الشاب إلى الشجرة باستغراب ثم قال:

الشجرة؟

الشجرة:

أجل أنا الشجرة..

صدق بأنها أنا من تكلمك وسوف تراني

تحتاج الإيمان لكي ترى ما لا تستطيع أن تدركه عيونك البشرية.

اتبع نصيحتي وصدق كلامي وسوف تراني أيها الشاب الطيب.

الشاب:

ولكن..

الشجرة:

لا تقل لكن.. فلكن تعمي العيون لأنها أداة يستعملها العقل لكي ينفي بعض الموجودات، لا تدع عقلك يخدعك.

الشاب:

حسنا

الشجرة:

جيد أيها الشاب

املأ قلبك بالإيمان وأسرع لأن الوقت يمر سريعا والخطر محدق.

الشاب:

حسنا حسنا

الشجرة:

حسنا يا بني

بعد استغراب مطول من أوجيلهين قرر أن يفعل ما طلبت منه الشجرة فعله لعله يراها حقا.

فأغمض عينيه وصدق بأن شجرة تكلمه ثم فتح عينيه لكي يجدها فعلا تشبه المرأة إلى درجة كبيرة فقال:

أنت تتكلمين، وتشبهين النساء

يا الهي...

الشجرة:

أرجوك

أرجوك أيها الشاب ساعدني.. لا وقت للكلام

أوجيلهين:

ماذا تريدين؟

الشجرة:

سوف يأتون بعد قليل ويقضون على الجميع

أرجوك ساعدني

أوجيلهين:

من؟ من هم؟

من تقصدين بكلامك؟

الشجرة:

لا يوجد وقت للشرح.. أروجك ساعدني

أوجيلهين:

كيف أساعدك؟

ماذا تريدين مني أن افعل؟

الشجرة:

أنت جئت إلى هنا لأنك تحب الورد والأزهار

أنت شخص طيب لأنك تحبنا وتحب الربيع

خذ ابنتي واعتني بها

إنها صغيرة ولا أريدها أن تموت

أوجيلهين:

ابنتك؟

الشجرة:

أجل ابنتي

سوف أكافئك وسوف أعطيك بذور الربيع لكي تصبح لديك حديقة مثل جدك

أوجيلهين:

أنت تعرفين جدي

الشجرة:

لقد قلت لك لا وقت للشرح

خذ ابنتي رجاء واعتني بها

أوجيلهين:

حسنا ولكن ماذا عنك أنت؟

ماذا سيحدث لك أنت؟

الشجرة:

أمري لا يهم المهم هو ابنتي

أوجيلهين:

حينا كما تريدين

الشجرة:

وفجأة باعدت الشجرة بين أغصانها وأخرجت من حضنها طفلة رضيعة جميلة وكأنها البدر ليل التمام.

طفلة ببشرة شفافة وخدود وردية وشعرها أشقر ولكنه مليء بالأزهار الصغيرة وفستانها يشبه الوردة قماشه ابيض وأطرافه وردية.

انبهر الشاب بالطفلة الجميلة وقال:

ولكن كيف اعتني بها؟
أنا لا اعرف كيف اعتني بالأطفال

الشجرة:

فقط احميها من الموت

وعد بأنك سوف تحبها دوما

أوجيلهين:

سوف احميها بحياتي

واعدك بأنني..

سوف أحبها

الشجرة:

نعم أحبها

أحبها رجاء

فكل ما تحتاجه ابنتي هو الحب

أوجيلهين:

أعدك سوف أحبها

الشجرة:

خذ هذه البذور وازرعها في حديقة بيتك ثم عمر بيتا لابنتي وضعها هناك وسوف تنمو كما تنمو الأزهار.

لا تضع ابنتي تحت الجدران فهي تعيش تحت الأخشاب وبين الأشجار وتحت السماء.

ضع لها بيتا في حديقتك من جذوع الأشجار أو ضعها تحت شجرة أو ضع لها بيتا على شجرة رجاء

رجاء لا تقتلها بين الجدران

واسقها ماء وحبا

ثم قالت له مضيفة:

أسرع ولا تبالي بالأصوات فحياتك وحياة ابنتي في خطر، وأنت لا يمكنك مساعدة الجميع.

انج بحياتك وبحياة ابنتي رجاء

وحاول أن لا تلتف إلى الوراء وأغمض عينيك كلما شعرت بالخوف وقل بأن ما تراه ليس حقيقيا وسوف يختفي.

ونثرت عليه بعض بتلات الورد الأحمر والوردي

ثم أضافت قائلة:

رافقتكما السلامة والحماية

سوف أدعو لكما حتى تصلا إلى بر الأمان

ابنتي تستحق الحياة وأنت أيضا، أنت شاب جيد وأنا اعلم انك سوف تعتني بابنتي ولن تدع مكروها يصيبها.

يمكنني الشعور بذلك.

أنا اشعر بالطيبة التي في قلبك

فالمشاعر النبيلة تنبع من الشخص وتصل إلى الآخرين بسهولة، أنا اشعر بكل ما عانيته منذ أول يوم صعدت الجبل لأننا مرتبطان من حيث الأرض.

جذوري وجذورك واحدة وقد أصبحنا متقاربان أكثر

سوف أتعبك بجذوري تحت الأرض وأحاول مساعدتك بكل قوتي

سوف أساعدك أنت وابنتي لكي تصلا إلى مكان امن وبمجرد نزولك الجبل سوف تتحرر من الخوف الذي هنا.

أتمنى لك الخير وأشكر فضلك.

أخذ أوجيلهين الطفلة والبذور وغادر بعد أن طلبت منه الشجرة أن يسرع لكي لا يصل الأعداء ويقوموا بمحو الربيع بكل ما فيه.

سارع أوجيلهين الذي كان يسابق الريح والتراب وهم بالمغادرة وبينما هو يغادر كان يسمع الأصوات، أصوات كثيرة ومخيفة، أصوات متداخلة ببعضها البعض تعبر عن الألم والموت.

صراخ نساء وأطفال.

وعندما أمعن النظر، رأى رجالا يخرجون من الرياح ورجالا يخرجون من التراب، ويقومون بقتل

الأشجار وبتقطيعها، الأشجار التي كان ينتثر دمها على الأرض وكلما أمعن النظر رأى أطفالا ونساء في تلك الأشجار وكأنها ليست في الحقيقة مجرد أشجار.

لقد كانت تلك الأشجار نساء وأطفال وأيضا كان منها هناك رجال يحاولون الدفاع ولكن الرجال الأشرار كانوا أقوى وأشد بأسا وأكبر حجما.

لقد كانوا من عجينة صلبة ويركبون التراب حين يكون في الهواء يسببون الزوابع والرياح التي تقتلع الأشجار، ويحملون سيوفا، بينما الرجال الآخرون يدافعون بجذوعهم وأغصانهم التي هي أيديهم وأذرعهم التي تقطع تحت صليل السيوف.

وكلما خاف أغمض عينه وقام بقول ما طلبت منه الشجرة الأم قوله فتختفي كل تلك الأمور من أمام عينيه ولا يرى إلى هواء وغبار وكان عاصفة تقتلع الأشجار

حتى أنه في مرات عدة كاد يهجم عليه رجل من الرجال الأشرار ولكن عندما أغمض عينيه اختفى من أمامه.

لقد كان الأمر مخيفا فكلما هجم عليه أحد الرجال الأقوياء كان يحمل فأسا وكان يهم بقطع ذراعه له أو ربما فصل رأسه عن جسده ولكن تل الحيلة التي علمته له تلك السيدة الشجرة قد حمته وجعلته يتجاوز الكثير من المخاوف والسكتات الدماغية من شدة الخوف والهلع، لأن الأمر كان فعلا مرعبا.

فأولئك الرجال كانوا قتلة وأقوياء ومصرين على إنهاء الجميع والتخلص من كل فرد وان لا يتركوا أحدا على وجه تلك القمم.

كان الأمر مخيفا فقد شهد أوجيلهين مجزرة ورأى بأم عينه الكثير من تلك المخلوقات يصرخون ويفقدون حياتهم تحت هجوم الرجال الإقواء الأشداء وبدون رحمة.

لم يكن الرجل يرغب في قتله بل في قتل الطفلة الرضيعة التي يحملها بين ذراعيه، لكن بتلات الورد التي ألقتها عليها والدتها كانت تعويذة حماية.

لقد كانت لدى الرجال الأشداء أوامر بقل كل أشجار الربيع والقضاء عليه بسرعة وان لا يتركوا منه شجرة واحدة على قيد الحياة ولكن كان هناك من يستطيع أن ينجو بحياته بطريقة أو بأخرى.

لقد كان الأمر مخيفا كثيرا فمن يستطيع أن يرى ما يحدث سوف يرى ربيعا يزهر بالسعادة وبعد فترة تحدث مجزرة ويموت الجميع تقريبا بعد هجوم أولئك الرجال الأشداء الذين يركبون الرياح.

وبعد التخلص من الجميع تأتي ريح لكي تخلص قمم الجبال من أثار تلك المجزرة التي حدث عليه وتحمل كل شيء معها حتى يبقى الجبل نظيفا ويعود إلى سابق عهده قبل وصول الربيع.

المنظر كان مخيفا وهذا كان يحدث كل سنة ولكن بالرغم من ذلك فالربيع يأتي ولو كان للحظات أو ساعات ولكنه كان يبث البهجة والسرور على قمم الجبال كل سنة.

لم يصدق الشاب كيف خرج من تلك الحرب الضارية وقد خفت الرياح كلما ابتعد عن قمة الجبل حتى أصبح في أمان

لقد كان يعرف بأنه في أمان لأن الجو هادئ ولا يوجد ما يدعو إلى القلق.

شعرت الطفلة بالجوع وقد استيقظت بعد أن كانت طوال الطريق تغط في نوم عميق

فبحث لها عن نبع ماء وسقاها ماء فشعرت بالشبع وعادت إلى النوم وهي لا تكاد تفتح عينيها المغمضتين.

لقد كانت طفلة نعوس

مر يومان على هذا الحال هو يسير ويحمل الطفلة بين ذراعيه وهي نائمة وعندما تجوع تحاول فتح عينيها فيسقيها ماء فتنام حتى وصل إلى بيه بيه مساء.

لقد كان يخفيها تحت ثيابه لكي لا يراها أحد فهو لا يعرف بعد ما قد يقوله للناس عنها وكان ما كان الذي سيقوله لم يكن ليقول الحقيقة عنها ولا عن كلما رآه.

كان يمشي ويتحاشى الناس وقد كان بيته على قمة هضبة وله ارض واسعة تصلح للزراعة.

وأرض أخرى قاحلة تركها له جده وهي التي كانت عليها الحديقة التي كان يمتلكها جد جدته في القديم لذا كان قد ورثها وقد حافظ عليها جدوده وكان يحافظ هو الآخر عليها فلم يغرس فيها شيئا.

لقد كانت تلك الأرض تسمى حديقة الربيع لأنها كانت كذلك في السابق حتى اختفت منها كل ملامح الربيع وأصبحت قاحلة ولكنها حافظت على اسمها.

وكانت الأحلام حولها بأن ترجع إلى سابق عهدها في يوم من الأيام تطارد كل من ورثها إلى أن وصل الحلم إلى أوجيلهين الذي لم يكن يريد للحلم أن يبقى حلما إلى الأبد بل كان يحلم بتحقيقه يوما من الأيام.

فالسبب في أنه يحلم برؤية الربيع كانت حديقة حده وجده الأولى والذي كان قد سمع الكثير عنها من جده، كما أنه قد تشرب أحلام أجداده بالربيع، وهذا الذي جعله شخصا مختلفا عن بقية الناس وتفكيره لا يشبه تفكير غيره.

لقد كان أوجيلهين قد ورث مع الحديقة أحلامها تمتد إلى جدته التي امتلكت حديقة الربيع يوما من الأيام.

كما أن كل الكلام الذي سمعه من أجداده كان كله حقيقي ولا تزوير فيه ولم تلحق به الإضافات الكاذبة والتهويل وما إلى ذلك.

ولكن كانت لديه حديقته الخاصة والتي بها الخضراوات والأشجار المثمرة ولأنه كان فلاحا فقد كان مرتبطا بالأرض ارتباطا شديدا.

أراد أن يدخل إلى بيته لكي يغتسل ويغير ثيابه ويأكل فهو قد كان يشعر بالجوع كثيرا ولكنه تذكر كلام الشجرة الأم عن ابنتها.

"لا تقتل ابني بين الجدران"

فقال في نفسه (ولأن بيته مبني من طوب):

سوف ندخل إلى البيت قليلا

ثم نظر إلى الطفلة وقال:

عزيزتي لن نطيل البقاء

وبعد ذلك سوف نخرج لكي نصنع لك بيتا، أيتها الورود الجميلة.

الوردة الجميلة.

دخل إلى بيته الذي كان من طين وبعد أن مر العتبة قال للطفلة:

أظن أنه يجب أن اختار لك اسما

نظر إلى سلته التي كانت بها الأزهار وقال:

هل أطلق عليك اسم أزهار

ثم ثقال:

لا لا

لا يعجبني ما رأيك باسم ورود أو ورد

ثم قال:

لا لا يعجبني

ثم قال ربيع

لا لا

ثم قال مخاطبا نفسه:

أنا ذهبت لكي اجني ورود الربيع فجنيتك أنت، فما رأيك باسم..

جنى..

جنى ورود الربيع

حسنا هذا يعجبني

اسمك إذن هو "جنى ورود الربيع"

ابتسمت الطفلة وهي نائمة فقال لها:

آه يبدو أنه أعجبك

جنى ورود الربيع

نعم إنه اسمك منذ اليوم أيتها الوردة النائمة والتي تتورد كل يوم.

يا جمال الربيع ويا ورد الربيع وجناه

الموت الخاطف

وضع أوجيلهين الطفلة وقام لكي يعد طعاما وبعد أن وضع شيئا على النار سمع صوت الطفلة لأول مرة في حياتها فهم منذ يومين يحملها بين ذراعيه ولم يسمع صوتها.

فأسرع إليها.

لقد تفاجأ بمنظر لم يره سابقا لقد وجد الطفلة ببشرة مزرقة وعروقها بدأت تظهر وتبز من جلدها وهي مكتئبة ولكنها مغمضة العينين.

فقال في نفسه يا الهي ما الذي فعلته؟

هل قتلتها؟

لا أرجوك لا تموتي

فأخرجها مسرعا لكي يبعدها عن البيت لأنه كان يعلم بأنه يخاطر بأن ادخلها إلى البيت ولكنه لم يعتقد بأن مجرد لحظات قد تؤذيها هكذا.

لقد كان الأمر سريعا ومخيفا وربما يكون قد قتلها فعلا، ربما يكون قد اقترف خطأ فادحا كلفه أن قتل الطفلة وان اخلف وعده ولم يعتن بها مثلما وعد والدتها.

لقد كان يفكر في اقترفته يداه وكيف لإهماله أن أوصله إلى هذه الحالة والى ما حدث.

لقد كان يرى بأنه قد تصرف تصرفا أرعنا لا يستحق أن يجازف بحياة الطفلة لمجرد الجوع أو التعب أو بسبب الإهمال والاستخفاف بالأمور فلو انتبه أكثر لما حدث ما حدث.

كان أوجيلهين خائفا ويلوم نفسه ولا يعرف ما الذي سيحدث وما مصير الطفلة.

كيف له أن يجازف بحياة الطفلة الرضيعة وقد حذرته والدته من حدوث أمر مماثل.

ربما كان يظن بأن في الأمر مبالغة ولكن ما كان عليه أن يجازف بحياتها ولا لأي سبب كان، فلو كان حريصا أكثر لما وقع أي مكروه ولو عن طريق الصدفة أو التغافل.

خرج أوجيلهين بالطفلة وهو لا يدري إلى أين يجب أن بأخذها أو ما الذي يجب أن يفعل بها.

لقد كان يحملها وهناك صراع داخلي يدور بخلده وهو يفكر في أنها ربما ماتت، ربما تموت بسببه، وربما لن تنجو، وربما هو من قتلها.

لقد كانت كل الأفكار التي تراوده سوداوية ولم يكن بحالة جيدة، بل كان متوترا ولا يعرف ما يجب عليه فعله لإنقاذ الصغيرة.

لم يكن يستطيع أن يأخذها إلى الطبيب فماذا يقول
له، وكيف يشرح له الأمر، وكان خائف من أن الأمر
سوف ينتشر في البلدة كما أن الطبيب لم يكن قريبا
والطفلة يبدو أنها كانت تموت.

نظر هنا وهناك التفت يمينا وشمالا وكادت تنفذ
منه الحيلة ثم بدا يتذكر كل كلام الشجرة الأمر.

وهو يقول للطفلة:

أرجوك لا تموتي

أفديك بحياتي

أعطيك حياتي ولا تموتي

أنا أحببتك فلا تتركيني لوحدي

وفجأة خطرت بباله فكرة عندما رأى أشجار
حديقته المثمرة وأسرع إلى اكبر شجرة والتي كانت
شجرة التين ووضع الطفلة تحتها لأنه كان يعلم بأنها
تحيا تحت الأشجار وبالقرب من الخشب وتحت السماء

وكان يردد على أسماعها كل تلك المعلومات ويقول لها:

أرجوك تمسكي بالحياة

تمسكي بالحياة رجاء

عودي إليا ولا تتركيني

أنا هنا لأجلك

أنت بأمان الآن

لن يحدث لك مكروه

كانت بالقرب من الشجرة إنها شجرة كبيرة وجميلة وسوف تعطينا الثمار الحلوة اللذيذة.

إنها شجرة أم، أم حنون

الشجرة تحبك، وأنا احبك

نحن جميعا نحبك

وفجأة حدث شيء غريب لقد أزهرت شجرة التين التي لم تكن تظهر لها أزهار أبدا.

إنها شبه معجزة، بل إنها معجزة

ما حدث كان بالنسبة لأوجهيلين معجزة، فهذه الأمور ليست عادية ولا تحدث هكذا ببساطة.

لقد كانت عديمة الأزهار لعقد من الزمن والجميع يعلمون بأنها شجرة عقيمة ولا تزهر على مر الزمن ولكن أمرا غريبا قد حدث بالفعل.

كان حال شجرة التين حال كل الأشجار فالأزهار لا تنبت إلا في الربيع ولا تظهر إلا مع ظهور الربيع وفقط على قمم الجبال أما في الحياة العادية فالناس لا يرون الأزهار أبدا.

لقد كانت الأزهار والنباتات والأشجار كلها لا تزهر ولا يرون زهرا أو وردا

ستمري بالحياة

استمري بالحياة

استمري بالحياة يا جنى ورود الربيع

لاحظ أوجيلهين بعد أن أزهرت الشجرة بأن اللون الأزرق بدا يختفي ويتلاشى من على الطفلة الصغيرة.

هذه التغيير كان يعني بأنها تستعيد الحياة، وهذا النتيجة بثت فيه هو السعادة أيضا.

قام الشاب من فرحه وقال لها:

سوف أبني لك بيتا حالا وهنا بالقرب من الشجرة بل تحتها

وسف أخيم أنا بجانبكما وغدا ابني وغدا بيتا كبيرا لكي

نعيش فيه معا.

ما رأيك؟

هل أنت موافقة؟

أظن أنها فكرة رائعة

أليس كذلك؟

راح يجمع جذور الأشجار والأغصان والجذوع،
وبدا يبني لها بيتا صغيرا تحت الشجرة.

وبعد أن أنهاه، وقد كان عملا مطولا وعملا شاقا
فقد أراد أن يبني البيت بإتقان وأيضا أو يكون جميلا
يليق بجنى ورود الربيع.

وبعد ذلك وضعها تحته لتنام بأمان

بعد ذلك توجه إلى الساقية وغسل وجهه من
الخوف والتعب، وعندما عاد إليها وجد بأن الشجرة قد
أثمرت تيناورديا لذيذا، فأكل حتى شبع ثم قال:

الآن أظن أنه حان وقت العمل، سوف أزرع حديقة جدي ثم أنام.

سرق نظرة إلى الطفلة في خيمتها، خيمتها التي كانت تبدو كبيرة جدا عليها ولكنها كانت أكبر منها لأسباب معينة.

فقد جعلها كبيرة لكي تتسع له هو عندما يدخل لكي يطمئن على الطفلة.

وأيضا لكي تتسع له عندما يدخل لكي يسقيها الماء إذا جاعت.

وقد كانت مثل الملاك تنام في بيتها الصغير وقد تحسنت حالتها جدا، ولم تعد في خطر بل تفتح وجهها وتوردت وجنتاها وأصبحت أفضل حالا وأكثر جمالا.

من مظهرا تبدو بأنها قد أصبحت طبيعية وزال عنها الخطر، لقد كان الأمر مخيفا وفي نفس الوقت مريحا ما حدث معها فكما كادت تموت فجأة قد عادت إلى الحياة بفعل القدر الذي يبدو انه قد حاك لها حياة لا

تزال مستمرة وحياة لازالت أمامها لتعيشها تلك الطفلة
المسكينة.

قام بعد ذلك بزراعة تلك البذور التي أعطتها له الشجرة الأم والتي كانت كثيرة جدا، وقد كان من خبرته كفلاح يشعر بأنها سوف تغطي كل حديقة جده.. ربما.

وخاصة أن أشجار الورد تحتاج مساحة بينها وبين بعضها، ولا تزرع ملتصقة ببعضها البعض، أي أنه يترك مسافة بين بذرة وبذرة

لقد كان الجو مظلما والوقت ليلا ولكن أوجيلهين أصر على انه سوف يفعل ذلك، وفي ذلك الوقت ولن

يؤجل العمل أبدا وأيضا لأنه كان متحمسا ولا يصدق بأنه قد لحق الربيع واحضر هذه البذور.

لقد كان أوجيلهين متحمسا لكي يحقق حلمه وحلم جده وان تصبح لديه حديقة مثل حديقة جدته الكبرى التي سمع عنها الكثير وقد كانت مثل الحلم تماما.

أشعل أوجيلهين الفوانيس في بعض الأماكن وقام بتقليب التربة ثم غرس البذور في كل مكان.

نثرها على الأرض، على كل مساحة الأرض والتي لم تكن مساحة صغيرة، بل كانت أرضا عظيمة تنتظر هذه المناسبة العظيمة لكي يرجع الربيع إلى الناس ولو برجوع جزء منه، وقد حدث هذا الأمر في السابق في حياة جدته الكبرى.

وخلد بعد ذلك للنوم

كان يريد أن ينام مع الطفلة داخل بيتها ولكنه شعر
ببعض الحر وأراد أن ينام بالعراء فنام بجانب بيتها
تحت شجرة التين.

في صباح اليوم الموالي قام الشاب من نومه
وانبهر بما رأى، لم يصدق المنظر الذي رآه

لم يصدق ما رأته عيناه.

لقد نمت كل الأشجار وأصبحت حديقة جده مليئة
بأشجار الورد والأزهار، وبكل الأنواع.

حديقة مليئة بالحياة قد نمت في ليلة واحدة.

من كان ليصدق كلامه ولكن الجميع يعلمون بأن
تلك الأرض قاحلة جرداء وهي تظهر للعيان فيمكن

لكل أهل البلدة أن يروها بكل وضوح وبالعين المجردة.

لقد أصبحت تلك الأرض جنة على الأرض، جنة ولدت في ليلة واحدة وأصبحت موجودة.

أشكال أنواع ألوان مختلفة.

منظر يسلب الألباب

منظر لم تره عين من قبل

منظر ربما سمع الناس عن مثيله ولكن لم يرو له مثيلا

لقد أصبحت حديقة جده وجدته من قبله جنة

جنة حقيقية، جنة مليئة بالأشجار والأزهار بعد أن كانت أرضا قاحلة، ارض جرداء.

نعم جنة وكأنه قد أحضر الربيع في تلك السلة وكأنه قد جنى الربيع يوم أمس، وها هو اليوم في حديقته.

لقد سر أوجيلهين بذلك المنظر الذي يم يكن يبدو حقيقيا ولكنه كان حقيقي.

بعد أن لمس الأشجار والورود واستنشق منها العبير وتأكد بأنها حقيقية سارع إلى الطفلة في خيمتها ولكنه تفاجأ أيضا بما وجده هناك.

لقد أصبحت الطفلة الصغيرة فتاة شابة جميلة بجمال الورد

لقد نمت نمو الأزهار

إعتقد بأنها ليست هي، ولكنها كانت تشبه الطفلة الصغيرة وتنام في فراشها.

كانت لهما نفس الملامح مع اختلاف كبير، لهما نفس لون البشرة وملامح الوجه.

لقد كان لها نفس الشعر وترتدي نفس الفستان ولكنها اكبر حجما، فقد تحولت من طفلة رضيعة إلى فتاة بالغة بارعة الجمال.

لقد تفاجأ أوجيلهين كثيرا بما رآه وبما حدث ولا
تفسير له، وفجأة وبدون سابق إنذار فتحت الفتاة عينيها
ورمقته بنظرة بلون عينيها الوردي المائل إلى الأحمر
وكان بؤبؤ عينيها وكأنه وردة متفتحة.

وقد رأى أوجيلهين ذلك الجمال لأول مرة

انبهر بما وجده وبما كان أمامه، وقد كان مقبلا
وهو ينادي بأعلى صوته ويقول:

جنى ورود الربيع

جنى ورود الربيع

جنى استيقظي

وهو يناديها فأيقظها، ولكنها استيقظت لأول مرة،
ولن تعود إلى ذلك النوم من جديد، لن تعود إلى تلك
الحالة التي تشبه السبات، فقد نامت كفاية، بل وقد
أصبحت فتاة شابة مقبلة على الحياة.

لقد كان يريد أن يشاركها فرحته وان يحكي لها ما حدث معه، جاء مقبلا لكي يصف لها تلك المعجزة التي حصلت معه ولكنه تفاجأ بما وجده أمامه، تفاجأ بما كان ينتظره داخل الخيمة.

لقد أعجب أوجيلهين بالفتاة كثيرا، فتاة بالغة غاية في الجمال والروعة والأناقة والتميز، فتاة لم تر عينه فتاة مثلا سابقا.

ولكن الغريب في الأمر هو طريقة معاملته لها فقد كان يعاملها بطريقة مختلفة لأنه لم يكن يشعر بأنها ليست غريبة عنه، ولم يتعود عليها بعد، فلم يكن يعاملها مثلما كان يعامل الطفلة الصغيرة وهذا ما جعل الفتاة ترتبك ولا تفهم ما يحدث معهما ولا ما يحدث حولها وهذا ما جعلها تستجمع قواها وتطرح عليه سؤالا، فقالت له:

ما الذي يحدث؟

أوجيلهين:

أنا أتيت لكي أخبرك بأن الأشجار قد نمت

جنى ورود الربيع:

أنا اعلم ذلك ولكني لست عن ذلك اسأل

أوجيلهين:

ماذا تقصدين؟

جنى ورود الربيع:

لماذا تبدو مرتبكا؟

أوجيلهين:

لا شيء أنا فقط

أنا لم أتوقع بأن تصبحي كبيرة هكذا وفجأة

جنى ورود الربيع:

هل مازلت تفكر بهذه الطريقة بعد أن رأيت ما رأيت بأم عينك؟

أوجيلهين:

لا

ولكن ..

جنى ورود الربيع:

ولكن ماذا؟

ألم تعد ترغب في وجودي هنا؟

أوجيلهين:

لا أبدا

لقد وعدت والدتك بأن اعتني بك

جنى ورود الربيع:

وماذا إذن؟

أوجيلهين: (وهو يضع عينيه في الأرض ويشعر
بالارتباك)

لا شيء

جنى ورود الربيع:

ألم تعد تحبني

الشاب:

طبعا أحبك

لقد قلت بأنني احبك وسوف احبك دوما وقد وعدت
والدتك بذلك

جنى ورود الربيع:

هل أنت تعني ما تقول؟

نظر إليها أوجيلهين بجمالها الخلاب وقال:

أنا أحبك

أنا أحبك يا جنى ورود الربيع

ابتسمت جنى ورود الربيع وقالت:

وأنا أيضا أحبك

أنا أحبك يا أوجيلهين

خرج أوجيلهين ممسكا بيدها لكي يريها الحديقة التي كان بها بعض أفراد أسرتها فهم يعيشون في الحدائق وهكذا ينجون من الحرب التي تشن على الربيع ويعيشون لعصور وعصور.

لقد كانوا قوما يخلقون مع الأشجار، يخلقون من البذور ويعيشون في الحدائق وحياتهم مرتبطة بحياة الأشجار.

لم تكن تلك الأقوام تعيش بدون الربيع بل كانت تعيش في الربيع فقط فتخلق من أشجاره ويقضى عليها

معه منها من يموت ومنها من ينجو بحياته فيبعث مع الأشجار من جديد.

ومنذ عصور بعيدة لم يستطيعوا أن يحضوا بحياة مثل التي وفرتها لهم جنى في هذه الحديقة التي خلقت بعيدا عن قمم الربيع ولن يستطيع أحد أن يقضي عليها بسهولة.

بل كانت أمامهم عصور ليعيشوها في أمان وبدون خوف من أي احد.

لقد كانوا يطلقون على جنى ورود الربيع أميرة الورد، أميرة الربيع، فهي أميرتهم التي جلبت لهم الحياة وأمنت لهم الأمان والسلام لعدة أجيال.

انبهر الشاب بما رآه ولكنه ربما قد تعود على الأمور الغريبة ولم يعد يستغرب أكثر من أنه يعجب بما يرى فقد عاش مغامرة غريبة الأيام الماضية وأصبح يعلم بأن هناك عوالم أخرى.

ليس فقط عالم البشر وليس فقط ما تراه أعين البشر هو الموجود بل هناك أمور أخرى وعوالم أخرى ومخلوقات لا نعلم عنها الكثير وربما لا نعلم عنها شيئا.

وليس ما نراه هو فقط هو الموجود وليس مالا نراه هو حتما غير موجود.

لقد رأى أمورا غريبة وشعر بالكثير خلال مغامرته، كما أنه تعرف على أقوام أخرى وأصبح يعيش بينهم وهو الوحيد الذي يعلم بوجودهم ويراهم.

لقد قام ببناء بيت كبير وسط الحديقة من الحطب والأخشاب وجعل لها شرفة كبيرة في غرفة نومها تطل على الحديقة لكي ترى القمر والنجوم.

لأنها ما كان ليستطيع أن يعيش بدونها ولا أن تعيش هي بعيدة عنه، فعمر لها بيتا وتزوجها.

قالت له جنى ورود الربيع وهما جالسان في الحديقة وقت الغروب بعد مرور عدة أشهر وهي حامل بطفلها الأول:

هل تعلم يا أوجيلهين؟

أوجيلهين:

ماذا يا حبيبتي؟

جنى ورود الربيع:

هل تعلم يا حبيبي أنه لو لم تقل بأنك تحبني لكنت انتثرت في الهواء واختفت كل هذه الحديقة وعائلتي أيضا ولما كان هناك ربيع ولا ورود.

وقد كان هناك الكثير من الأطفال من عائلتها يلعبون بين أشجار الورد والجو ورد وغروب وضحكات أطفال وحضن الحبيب الدافئ.

فقبلها على جبينها وقال:

أنا احبك

أحبك دوما

وسوف أحبك إلى الأبد

فابتسمت له ووضعت رأسها على كتفه وهما في غاية السعادة.

لقد كان وجودها مرتبط بحب أوجيلهين لها ولو أنه لم يصرح لها بحبه لما تم منحها الحياة في هذه الحياة، ومعه، وبجانبه.

فقد كان أوجيلهين المنقذ لها، والفضل له فهو السبب في وجودها هي وأفراد عائلتها، لقد كان الحامي والذي وفر لها الأمان والحماية وبهذا يكون هو من وهبها الحب والحياة.

واعترافه بالحب لها كان أحد أهم الأسباب التي جعلت ارتباطها بالأرض وبالحياة فقد فتح لها باب

للحياة وباب الحب وعاشت في قلبه وعلى الأرض التي غرس فيها الأشجار التي نمت بحب.

لقد زرع أوجيلهين الحب في قلب جنى ورود الربيع كما زرع بذور الأشجار التي تحمل روح الربيع وتحمل دفء الأسرة في أرض جده.